날개 편지

최인찬 시집

도서출판 신세림

최인찬 시집

날개 편지

도서출판 신세림

두 번째 시집을 내면서

풍선에 바람을 넣으니 허수아비가 춤을 춘다. 바람 든 허수아비는 바람으로 그냥 즐겁다.

바람은 언제나 빈손이다. 불러주지 않아도 불어오고 보내주지 않아도 잘도 간다. 너의 자유는 할 일도 많아 넓은 바다를 통째로 흔들어 파도에 푸른 에너지를 불어넣는다. 그 파도는 소라의 동굴에 감춰둔 어린 꿈을 실어 가기도 하고, 모래성에 감춰 둔 고독도 쓸어 간다. 구름에게도 날개를 달아 무한의 창공을 떠돌게 하고 밤사이 별빛 따라 내려와 꽃눈망울을 비벼 깨운다. 또 잠시면 세월 떨어지는 소리를 낙엽에 담는다.

바람의 길 알 수 없어도 파도는 떠나가고, 구름도 흘러가고, 계절도 세월 따라 돌고 있구나. 내 마음을 언제나 바람나게 하는 바람, 그 바람을 사랑했었나 보다. 바람아, 바람결에 『날개 편지』 실어 가려무나.

허풍선으로 살려진 불씨처럼 바람이 그리울 때
나, 세월 뒤안길에서 허우적거릴 때면 나는 시와
만나곤 했었다. 그 유심의 꿈과 삶의 고독을 부끄
럽게 벗어낸 부족한 첫 시집『그리움 파도에 적시
고』에 이어, 작은 창으로 안식의 어둠이 내려설
때나, 도시생활에서 잊고 지내던 달그림자가 문
득 다가설 때면 희미한 꿈길에 마음을 담그며 써
두었던 글들을 모아 두 번째 시집『날개 편지』에
띄운다. 어쩌다 바람이 부는 날이면 무작정 떠나
가고 싶은 마음을 실어 날개를 힘껏 펴려무나.
『날개 편지』야.

庚寅年 4月에
최 인 찬

차례

제1부 그물에 걸린 바다

제2부 날개 편지

차례

제3부 춤추는 허수아비

제4부 바람이 부는 날이면

차례

제5부 마음의 노래

그물에 걸린 바다

껍데기만 남아서야
가득 채워지는
가슴

소라는
귀 하나만 남아
빈 꿈을 꾸고 있다

-〈소라의 꿈〉 중에서

파도에 실려

너의 얼굴은
갈매기의 날갯짓에도
파란 속마음을 열어
바닷가로 달려 나온다.

태양의 구애를
온 몸으로 받아내며
맨살로 넘실대는 유희

분주한 환희의 손짓에
콩닥거리는 가슴

부서지는 만큼 가슴은 열려
솟구치는 포말
하얀 미소되어 나르면
내 마음도 따라 나선다.

바람결 품고 사는
파도에 실려.

바닷가에서

어둠이 밤바다에 내릴 때
뒷모습 그려내며 서 있으면
흔들리는 흑백사진처럼
네가 다가와
다시 쌓는 모래성

하얀 입술로 부서지는
오래 전 이야기
파도의 숨결소리 들린다.

손짓이 서툴러 붙잡지 못한
우리의 이별
별빛되어 깜박이는 밤

밤 길목 지키는 등대 곁에서
눈빛으로 남겨진
못다한 이야기
길을 헤맨다.

수평선 너머

멀리서 끝인 듯 숨어 살아도
하늘을 이고 사는
그곳이 좋다
가슴 벅차 올라서 좋다.

어린 전설이 떠돌던 부표
파란 하늘이 어려
떠나가는 길
춤추는 바다

여객선에 살며시 무임승차한 유심
이제는 배멀미가 익숙해졌겠지.

꿈꾸던 지난 날
꿈같이 흘러가도

바다 같은 하늘
하늘 같은 바다
그곳이 좋다
서로 보듬고 살아서 좋다.

그물에 걸린 바다

喜

하루를 이고 사는 무게를 털고
흔들리는 발버둥을 챙겨 바닷가에 서면
하얀 입술 비비며 喜가 다가선다.
얕은 수심 노래미의 간지럼에
파도는 나팔춤을 추고
갈매기 날개에 실려간 약속은
태양의 열정에 익는다.

탈출과 망각의 평원
출렁이는 숨결에 실려 피는 푸르다.

怒

바다의 눈은 유혹의 휘장을 치고
예쁜 이름 안고 돌며 怒를 만든다.
원형경기장을 통으로 흔드는 비바람의 혼돈
태풍은 신들린 듯 붉은 수수밭[1]의 칼잡이가 되어
바다를 벗기고

하늘을 삼킨다.

평화와 분노의 동행
오장육부 깊은 곳 헤매도 비상구는 없다.

哀

바다는 언제냐고 잊은 채 너울지다가
연락선 지나가면 마음 절로 열려
바람결에 스미는 哀에 젖는다.
태양 품은 가슴에 은빛 그리움 스미면
파도는 여행의 지친 어깨를
바닷가 모래밭에 풀고
십칠 년 동안 사랑을 그리다가 죽은
여자 무기수의 쥘부채[2]를 그린다.

인연과 사랑의 좌표
흔적은 지워져도 잊히지 않는다.

樂

만선의 꿈을 실은 오징어 배 불빛이 화려하다.
그물을 거두고 비린내를 풀면
왁자지껄 樂이 쏟아진다.
외롭던 수평선 잠들어도
항구는 다시 만난 사람들을 위해 불을 밝힌다.
술 취한 어부
집으로 가는 뒤안길에는
환한 가로등에 아내 얼굴이 겹친다.

존재와 명암의 순환
때 묻은 주머니에 바다가 가득하다.

---

1) 1989년 개봉된 장이모 감독이 만든 중국영화.
2) 이병주의 1969년 월간지 『세대』에 발표된 중편소설

줄 하나 그어놓고

겨울바다 가는 길
바람이 앞서 가는 길

벽이 된 첫사랑
전설로 늙어
밀려와 쌓이는
파도소리

밤 지나도
또 밤이 되고

침몰인 듯
승천인 듯
기다림의 허상 접어
내가 너이고 싶은 것은
마음의 창
열린 흔적
하늘만큼 멀어서인가.

줄 하나 그어 놓고
끝이라고 돌아서서

하늘 아래 감춘 비밀
너만 아는 일기로 숨긴 채

잊은 듯 젖은 목소리
홀로 왔다 갔어도
한 줄
또, 한 줄
끝나지 않는 파도소리.

등이 굽은 여인

허리춤 묶은 수건에
돌아갈 약속 수없이 닦아낸
구릿빛 어부를 싣고
늙은 어선은
하늘이 처음 열리는 수평선
새벽부터 그곳을 찾아 떠났다.

바람만 돌아오는 사립문
반쯤 열어둔 채
등이 굽은 여인
마른 흙에서 조개만 줍는 외딴 섬
바닷길 홀로 남아
저녁해를 맞는다.

살아서 온 것
황혼 속에 비춰보니
타는 그림자 너머
머릿결에 하얗게 핀 소금꽃
굽은 등만 눌러 내린다.

바다로 간 어부

퉁 퉁 퉁 떠난 뒷자리에 하얀 희망을 풀고
육지의 피붙이
애증의 눈빛을 걷고
해가 떠오르기 전
어부는 바다로 간다.

툭 튀어나온 손마디로
끌그물어망을 손질하는
구릿빛 무게에
못생긴 노랑각시서대 율동이 서툴고

바다도 육지 같은 한 마당
비틀거리는 침묵

파란 거울 속
노을이 잠기면
돌아갈 길 서두르지만
수평선은 하늘을 닫고
낡은 어선을 삼키고 있다.

술래의 귀항

저무는 길
갈매기 떠나가고
술래만 남아
귀항의 키
맨손으로 붙잡고

파도 따라 춤추던
바다의 등고선
어둠에 잠겨 사라진 길

굳은살 모두 빠져나간
낡은 그물
유산이 되어

희미한 불빛 찾아
돌아가는 어부.

만리포 바닷가

해 저무는 만리포 바닷가
모래톱에 스미는 파도
노을빛 창 지나서 오면,

당신이 곁에 선 것 같고
당신이 사라진 것 같은
혼돈의 병상 곁으로

눈썹에 숨은 미소처럼
살며시 다가서는 파도.

먼 곳 하늘 품었던 시절
치마폭 펼치며
물보라 벽 너머서 오면,

당신이 다가오는 것 같고
당신이 떠나가는 것 같은
혼절의 꿈결 속에서

어제인 듯 만지면
뒤돌아 사라지는 그대.

소라의 꿈

모두 비워 내고
모래밭에 누운
빈
동굴.

여행의 끝
지친 어깨를 풀고
밀려오는 파도

속삭이는 이야기를
채워 넣는다.

껍데기만 남아서야
가득 채워지는
가슴.

소라는
귀 하나만 남아
빈 꿈을 꾸고 있다.

파도야, 벌써 오느냐

서 있는 자리
파도 머물다 떠나가면
벗은 살갗에 빈 발자국 두고
가슴 속 푸르게 흐르는 피
썰물 따라 빠져
나는 바다가 되었다.

길 없는 길에서
파도 따라 춤추는 갈매기

저무는 해에 이마가 붉어
열병의 혼돈 식히려
뒤돌아보는 밤 바닷가

철썩 쏴르르
마른 편지 만지는 소리

파도야, 벌써 오느냐
천 년을 쌓은 모래성
사라지는 끝을 위하여.

말 없는 바다
-태안 앞바다 원유유출 사고를 슬퍼함

도시의 분주로 닫힌 가슴
생각 먼저 가 머무는 그 곳
검정 기름띠에 입술이 묶인
병동, 병동들.

낮도 밤인 듯이
기억 허물어져 내리는 고독
까만 눈동자에 담고
거울처럼 곱던 물결 그리워도
흑칠된 바다
칠흑의 무덤.

철새는 시추선까지 날아갈 날개가 없다.

먼 훗날
후손이 조상이 된
그 때에도
말이 없을
서해바다.

바다로 간 새

모서리
또 모서리들
화살의 눈빛이다.

게처럼 옆걸음으로
여길 벗어나
그 바닷가에 가면

어디에도
각(角)은
보이지 않는다.

그곳에 가고 싶다·1

흔들리는 기차에
살아온 길 하회탈처럼 쓰고
찾아 가도 반겨주는
그곳에 가고 싶다.

기억의 매듭 모두 풀어진 후
껍데기만 남은 자유 가지고
어설피 서서 눈빛만 보내도 웃어주는
그곳에 가고 싶다.

방황의 외진 모서리를 돌아
남루한 시간 접은 채
해질녘 땅에 깔리는 긴 그림자 메고
뒤돌아보면 가슴 내어주는
그곳에 가고 싶다.

옛날이 오늘처럼 다가올 때
그리움 파도에 실어
수평선 너머로 보낼 수 있는
그곳에 가고 싶다.

그곳에 가고 싶다·2

청파다방이 있었을 것 같은
그 바닷가에 가고 싶다.

미닫이창을 열면
무시로 파도가 넘실대고
바닷길로 멀어져 가는 연락선
사라질 때까지
자리에 못 박힌 채 앉아
저린 바람으로 빈 가슴 채우는
뒷모습 있었는가.

은파등대가 있었을 것 같은
그 항구에 가고 싶다.

종일토록 기다린 갈증이
어둠의 비늘을 베끼며 기웃거리다가
파도 부서지며 사라진
변심의 끝을 만지며
등불 켜고 서 있는
맨살 그림자를 보았는가.

내가 사랑한 것은

내가
사랑한 것은,

겨울가지 서러운 살갗 만지며
못다한 이야기
맨살에 비벼대는 바람소리인가.
무심히 멀어지는 기찻길 곁에서
이별을 이겨내려는
코스모스의 몸부림인가.
밤 바닷가에서
뱃고동소리 너울로 잠재우며
신음하는 파도소리인가.
강 언덕에서 시링크스3)의 순결혼이 되어
다시 살아나려 피 말리는
마른 갈대의 흔들림인가.

내가
사랑한 것은,

---

3) 그리스신화에 나오는 아르카디아의 님프.

02

날개 편지

내가
네게로 갈 수 없는 것은

그리움의 무게가
아직 가슴을 채우고 있어
바람처럼
날 수 없기 때문이다

-〈네게로 갈 수 없는 이유〉 중에서

네게로 갈 수 없는 이유

내가
허공 너머 또 허공에서 헤매는 것은,

바람의 얼굴을
너무 오래 전에
보았기 때문이다.

수평선 위에 사는 하늘은
기억의 벽을 허물어
그림자보다 짙은 밤을 새우고 나면
또 새로운 가슴 여는데

내가
네게로 갈 수 없는 것은,

그리움의 무게가
아직 가슴을 채우고 있어
바람처럼
날 수 없기 때문이다.

끝나지 않는 이별

소리 없는 바람에도
눈빛 꺼지는 촛불
숨이 멎을 때
새까만 피안의 경계에서
망각의 늪으로 사라져간
끝을 만지며

세월을 돌아
돌아서 와도
매듭은 껍질 꿰맨 자국으로 남아
원점에서 머뭇거리게 한다.

밤하늘 숙면의 계곡에 숨어
별빛으로 남아 있는 약속
가물거리는 혼돈의 늪에서
숨결 지키려 깜박거리고

인생록(人生錄) 겉장을 넘기면
정든 채
박제된 기억으로 살고 있는
끝나지 않는 이별.

누워 있는 그림자

하얀 종이에
속마음을 쏟아놓으면
잉크색 멍에로 타들어가던
이별의 혼
가득 채워서
봉투에 담아
주소 찾아 보냈지요.

발걸음처럼 더디게
답장이 올 때
호흡은 식어
숨이 끊어졌습니다.

사랑의 중력은
그림자만 남아
타임캡슐에 갇히고

보이는 것들은
좋은 세월로
모두가 변하여
강산도 몇 번을 따라 변했습니다.

누워 있는 그림자
다시 태어나
전화번호를 붙잡고

꿈속에 그려져도
타인처럼 멀어지는
세월 뒤쪽으로
다이얼을 돌리고 있습니다.

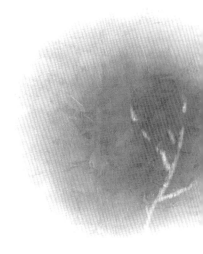

카페에 앉아

본적이 없어도
자주 본 친구처럼
껍질 벗기고 웃고 있는
순수의 거리에

배반의 넋을
걸어 봅니다.

변한 것과
변할 수 없는 것을
카프치노 커피에 담아
거품으로 마시면

사라지는
사랑의 덫.

사십 여년 세월을
커피 한 잔에 담아
비어 있는 속마음
흔들리면

잠자는 흑백사진
가슴에 달고
남은 길
꿈길처럼 가려합니다.

숨겨진 창

하나의 나뭇잎이 흔들릴 때[4]도
파도로 격랑 일던
청춘의 가슴

눈꺼풀 쳐진 세월의 무게
가로등처럼 매달려 있는
도시에서
가끔씩 태엽 감는다.

밤을 깨우던 그대에게
별빛 실어 나르던
헤어진 그리움

높아진 아파트
원고지 같은 창문 속
어디쯤 숨어
방황하는지 알 길 없고

머무르고 싶었던 순간들[5]은
흐르면 다시 못 오는 강물이 되어
바다로 가버린 지 오래

내 마음은
언제나 출렁이는 파도,
파도로 숨 쉬고
그리고 아무 말도 하지 않았다.6)

---

4)『하나의 나뭇잎이 흔들릴 때』: 1965년 발행된 이어령 수필집
5)『머무르고 싶었던 순간들』: 1965년 발행된 박계형 소설
6)『그리고 아무 말도 하지 않았다』: 1966년 발행된 전혜린 수필집

날개 편지

하늘 멀리
구름 흘러가는 길
옛 생각 실어 띄운 편지는
바람 따라 떠돌다
깊은 밤하늘
유성 사라진 길에 묻히고

정지된 시간들에
포개진 흑백사진
거울 뒷면처럼 검게 타
목이 마른다.

잊으려도
잊어버리려도
별처럼 빛나는 눈빛
은하수처럼 흘러
헤매는 밤길
한 점 그림자도 보이지 않는데

시간을 접은
날개 편지
넌 누구 보이는가.

별 따기

멀리 있어
작은 가슴인가.

숨어 있는
눈빛뿐인가.

마음으로 길을 만드는
사람들
너를 향하여
이룰 수 없는 꿈을 꾸고

밤
지새운다.

좌우명

날개 없는 사람은
날개를 꿈꾸고
나는
날개가 없다.

守分知足이라
문패를 걸고
모자를 쓰면
하늘 낮은 처마 아래로 식구들이 보인다.

밖을 나서려
거울을 보아도
속없는 거울
한 점 말이 없고

문패를 본 소크라테스
知만 읽고 간다.

가로등

길을 비켜서서
어둠의 한 자락 밝히는
무릎 없는 고독
뒷짐 지고 서 있다.

오고 가는 이
아는 체 없어
미소 한 모금
발 머리에 살며시 펼쳐 놓고

걸음 더딘
등짐 나그네
곁에 머물 날 기다려져
고개 숙여
뜬 눈으로 밤 지키며

수직의 고난
깊은 허공을 이고
홀로
서 있다.

석엽(腊葉)⁷⁾

버드나무 잔가지 끝에
달빛 몰래 감추고
순수의 속 살 열며
사랑의 씨앗 틔울 때

약속의 깃발
네잎클로버 하나 꺾어
일기장 속에 숨겼다.

그리다 지친 얼굴
주름살만 늘어
패인 골 깊이로 버려진 초심
길 헤매며
용서도 죄 될까봐
단식하는 두께.

살갗으로 전율하던
혼의 충동질
망각의 벽에 간힌 채

그때
그 심사(深思)
마른 영혼으로 잠든
석엽(腊葉) 한 편(片).

---

7) 종이나 책 따위의 사이에 끼워 말린 식물의 잎사귀나 나뭇가지 따
   위의 표본.

여름에 겨울 생각하기

어느 겨울날
사직공원과 관악산은 무엇이 동류항입니까?

앉아서 머물던 자리
바윗길 돌아 오르던 산길
겨울 칼바람이 미니스커트를 잘라 내고
훔쳐 본 속살처럼
눈이 내려 쌓였습니다.

앉아 있던 의자 옆자리에도 쌓이고
바위섬을 만들며 산길에도 쌓여
왔던 길은 사라졌습니다.

창 너머
바람벽을 넘어서
그 곳에 가면
지금도 하얀 눈만 쌓여 있고

속 있어도
속 모르는 채
세월은 가속도의 공식을 쓰고 있습니다.

그리움 희미해져
허수아비 가슴으로 메마른
어느 여름날
겨울을 생각하는 이유
혹 누구 아십니까?

가을을 보내는 길목에서

가을 끝자락
성숙한 체온
붉게 흘러내린다.

한번쯤 가슴 열어
묵은 연서(戀書) 읽으며
무심히 밟고 가라 한다.

끝은 모질게도 서러워
핏빛 전율로 남은 불씨
동행길
따라 불타자는데

내심(內心)은 허상(虛像)뿐
어찌 너를 닮을 수 있으랴!

연 날리기

몸통 중심에
동그랗게 뚫린 심장
바람으로 숨 쉬고
얼레를 벗어난 연줄
실낱 같은 자유로 비상한다.

보이지 않는 연줄 잡고
질러간 출셋길
벼랑에 설 때
신문, 텔레비전에 껍질 모두 벗겨지는
끝을 보았지.

탯줄 끊을 때 이미 빈 손
지연 · 학연 · 인연······
줄 줄 줄 풀어 놓고
바람 부는 벌판에
바람으로 솟아오르는
연줄 하날 붙잡고

놓았다 당겼다
달래는 목숨.

영원한 좌표

겨울 마지막 자락
밤새 눈이 내린
먼 산발치
잔설이 눈에 차 오면
가슴은 이름 잊은 추억을 열고
마음 먼저 달려 나간다.

호흡은 비등점을 뚫고
증발하여
역사의 매듭을 풀어
헤매고

관중 사라진 광장에
청색 솟대처럼 남아 있는 깃발은
야윈 바람으로도
더는 펄럭일 수 없는 화석.

눈 녹으면
영원한 좌표로 빛나는
사랑의 종점.

꿈꾸는 날개

종소리, 보신각 종각 아래서
나이테 하나 털어 내리는 밤

마음의 거울
지난날 비춰 보면
흐려진 허상 건너
주름살 깊게 눕는다.

끝날 수 없는 끝날
그림자까지 태워서라도
별빛으로 살아나리라
깃발 매달고

새로운 시작의 물레
시간을 감아올리면
새벽안개 포옹을 벗고
솟아오르는 태양 뜨겁다.

끝은, 시작을 물고 도는 날개가 되어
금빛 춤을 추고

그대 눈동자

그대 눈동자
조약돌되어

내 작은 호수에
파문으로 살아
겹으로 달려 나가는 동심원
떨리는 몸살.

끓는 호수
비등점 아래
호흡은
수백만 핏줄로 솟아
폭발 하는 분수(噴水).

그대 눈동자
물안개되어
사라진다.

한 점 바람으로

단발머리 길어져서
머리 땋아 묶고
곁눈질로 길을 터주며
표현이 서툴러서
얼굴빛으로 붉어지는
그대가
있었으면 좋겠다.

도시로 가기 전
마른 가슴에 등불 켜던 꿈
달빛 어리는 밤이면
풀고 풀어서
그대 창문에
한 점 바람으로
머무르고 싶다.

갈 수 없는 시간

뜬 눈으로 밤새우는 백열전구는
마음 깊은 곳에 잠들어 있는
교복 속의 일기장을 밤이면 읽는다.

제목이야 잊었지만
피부가 변한 세월 돌아왔어도
열리는 속살은
가뭄 뒤의 단비 맞은
고추밭처럼 싱싱하다.

깃발이 되어 승천하려는 꿈
종이배에 실어 띄우면
은빛 날개 피라미는
지느러미 까불대며 앞장을 섰지.

가물거리는 등잔불
밤을 버티던 창밖에
달그림자에 숨은 소녀
콩닥거리는 새가슴 모두 태웠지.

갈 수 없는 시간
빛바랜 일기장에 지금도 살아
깊은 밤 창문 열고
꿈길을 연다.

불꽃축제 끝나고

도시의 밤하늘 속
순간을 꽃가루로 태우고
기억을 버린 눈빛으로 흘러내린다.

셀 수 없는 인연
태우는 불꽃

사라진 허무를 씻고
돌아누워 창에 갇히면
먼저 반기는 달빛 그림자
도시를 떠나 기억을 뒤진다.

바닥의 언어
밤하늘로 솟구쳐
마른 불씨에
고독 타는 소리

까맣게
앓는 가슴.

휘날리지 않는 깃발

첫 눈빛 마주할 때
작은 가슴 속에
자석(磁石) 하나씩 챙겨
평행선으로 밀어를 실어 날랐다.

세월 몇 토막 쌓인
비밀의 성
벽 속 그리움
청춘의 덫인 채
한 시절 그렇게 가고

마른 강바닥
사랑의 씨앗
화석으로 지키는 역사
옛날 신문도 찾아내지 못한다.

그때가 어제처럼
치매가 올 때
엇갈려 달린 평행선에서
바람 다시 분다하여도
깃발은 흔들릴 몸짓을 잃었다.

춤추는 허수아비

혈연계수 넘치는 손
바통 하나 쥐고 달리는
신발문수 같이 신는 용하, 주리야
하늘 높이 날아라
향기 널리 퍼져라

허수아비 춤춘다
춤을 춘다

-〈춤추는 허수아비〉 중에서

정오

한낮의 태양이
전신주의 그림자를 세워 묻었다.

수직의 승리
잠시뿐

빛을 먹으며
반대쪽
그림자 다시 씨앗을 튼다.

낚시

흔들리는 거울 면
떡갈잎 내려 선 틈새로
세월을 담근다.

기다림에 지칠 때쯤
입맞춤 한 번
산 그림자 내려설 때
겨우 또 한 번
동심은 동심원으로
춤추며 가고

세월 한 토막 다시 끼워
비틀대는 거울 면
깨고 숨긴다.

언제 올 지 약속없는
침묵 속에서
껍질 벗겨진 빈 그리움
혼자 매달려

잠자는 기도

모든 것 침대 아래 털어버리고
달콤한 꿈길 들어서
노아의 방주를 하늘에서 봅니다.

찬란한 오색무지개
사닥다리 멀리
눈부신 왕관
별빛처럼 빛나고
말만으로
값없이 주시는 줄 알아
빈손으로 모래성을 쌓아 올립니다.

생명줄보다 중히 여긴
세상 인연
이마에 달고
허리춤에 묶은 채로
사닥다리 잡으려
손 뻗히면
바람든 허수아비로 허우댑니다.

빛 잃은 동굴 속
서툰 기도는
비음으로 공명되어 방언이 되고
아직도 깊은 밤
갈 길은 먼데

베드로가 숨겨둔
첫 닭 울음소리에
놀랜 종탑 통째 떨어져
가슴을 눌러
천 길 벼랑 떨어지다 꿈을 깹니다.

끝을 붙잡고

포물선 끝으로 사라져간
원점을 붙잡고
거리를 헤매다 지친 발 아래
절벽을 풀어 탑을 쌓는다.

창 너머로 구름 무심히 흘러
겨울새 한 마리 길을 따르고
광야에도 군중은 있어
모세가 여호와 닛시[8] 로 지킨
승리의 언덕을 본다.

처음 빛이 있었던 동산
어둠에 두고
탄성한계를 벗어나
돌아올 줄 모르는 새

주여!
촛대를 옮기지는 마옵소서.

---

8) '깃발'이라는 뜻

어머님 체온

금촌 공원묘원
흙옷으로 갈아입으시고
겨울바람 살 에이는데
잘도 견디고 누우셨네.

내려서던 햇살도
소나무 침엽에 걸려
이불없는 어머님 집은
해질녘 응달이구나.

철지난 봄눈
자주 많이 내려서라도
어머님 체온을
목련꽃되어 덮어 주오.

두고
돌아서 오는 길
눈 감아도
눈물 더욱 흐르고.

조화(造花) 이야기

일천구백육십오년 그때
통행금지에 쫓겨
플라스틱 조화(造花) 좌판을 걷은 자리
광복동 야시장도 따라 잠들고
야경꾼 나무토막 두드리는 소리
아미동 골목길 판잣집 벽을 뚫고
작아지는 잠결 가슴을 눌렀다.

생존의 몸살
빨래처럼 비틀어 짜내면
어둠속에 떨어지던 고독의 씨앗들
창틀에 박히고
허공에 걸어둔 검정모자
날개 달고 솟아올라
비밀의 광장 속을 유영했었다.

이천오년 어머님 가신 삼주년
금촌 공원묘원
플라스틱 조화 몇 송이
세월을 거슬러 바람에 탄다.

춤추는 허수아비

날선 벼랑과 허허한 벌판에서
우리는 무엇으로 물레를 돌리고 있나
인고의 수레바퀴
굴릴수록 양양하여
보신의 뿌리 허약해도
시간의 늪 지나왔지.

공중에 나는 새, 들의 백합화
저절로 큰 담장 안의 닮은 꼴
포개지는 눈길은
그저 백지처럼 말없이도 통하고

혈연계수 넘치는 손
바통 하나 쥐고 달리는
신발문수 같이 신는 용하, 주리야
하늘 높이 날아라.
향기 널리 퍼져라.

허수아비 춤춘다
춤을 춘다.

아담이 옷을 입은 이후

날개 만드는 꿈
겹으로 굳은살되어
옹이처럼 박힌 시간

맨살 어디를 만져도
찾을 수 없는 날개의 흔적

창세기의 이름으로 열어본 하늘
처음 사람 아담은 옷을 입었다.

욕망의 무게
그림자에 버려도
해 지기 전에는
끈에 묶인 채
옷 입어야 사는 세상

어둠이 된 후에야
이 모습 이대로
옷을 벗는다.

불효는 틀니처럼 남는다

무덤 하나를 놓고 두 집이서 서로 자기 부모묘라고 섬겼다. 솔로몬은 한 아이를 자기 자식이라고 서로 우기는 두 부모를 쉽게 심판했다. 죽은 사람쯤이야. 어느 날 심판관은 무덤을 열고 흙을 파헤쳐 원형이 보존된 틀니 하나를 찾아냈다. 부모가 틀니를 했었던 가족은 기뻐했다.

어머니는 전어회를 좋아 하셨다. 틀니를 하셨으니 다행이다. 오는 가을에는 큰놈으로 전어회를 떠야겠다.

겉옷을 바꿔 입으며

쉬어갈 길 하나 만들려고
순댓국집 간판을 달며
창밖을 봅니다.
열면
겨울 칼바람 살갗을 오므라들게 하여도
무슨 내통을 하여야
속 시원해지리라고
마음 크게 써 보고
보여준 적 없는
숨쉬는 부피
그 곳에 살 것 같아
끈 조여 매고
바뀐 길을 나서는 것이지요.
손 꼭 잡고 살아온 느낌만으로
눈빛 틈새를 감추며
답을 써내는
당신을 죽도록 사랑합니다.
작아질수록 아름다워질 나머지
잘 간직하려고
창을 닦으며
등짐 하나 챙겨야지요.

떠나보내고 시작되는
마음의 무게
모두 좋아서
맨발인 채 출발선에 서 있습니다.

양파를 벗기며

가락시장 덤터기를 쓰고 앉았으니
욕심으로 골라가지를 않는
양파 한 망을 샀다.
뿌리도 꽃이 될 수 있다면
햇빛에 자주색 옷을 입는
너는 장미 꽃잎이다.
우리 사이 애당초 아무런 약속도 없이
겉옷 살포시 벗기면
짙은 밤 지나가는 보름달처럼
희고 아름다운 원시(原始)다.
비록 오늘을 속고 살아도
감추며 순결 지키는
너는 목련꽃잎이다.
우리 사이 아무런 비밀도 없어
애무의 비린내 한 겹을
쉽게 벗기면
바뀐 속내 아무런 변심없이
씨줄만 키운 미완성의 지구다.
다시 오는 태초에는
벗겨도 변치 않는
너는 우윳빛 꽃잎이다.

얇은 속옷 또 벗기면
속살도 껍질처럼
있어도 없는 듯
일편유아독존(一片唯我獨尊).
훌훌 벗어버리는 끝
천사의 씨앗으로 작아지는
너는 신들린 꽃잎이다.

뿌리도 세상 밖으로 나오면
꽃이 되고 싶다.

당신은 바람개비

당신은 바람개비
바람만을
안고 사는.

남편을 안고 살다가
자식을 안고 살다가
갱년기 세월을 안고 살고.

바람 부는 벌판 지나오면서
바람으로 숨 쉬다
과호흡증후군에 가슴 눌리고.

쏜살같이 달려가는 119
헛바퀴 도는 마음.

작게 남은 길
남실바람 안으며
살아지고 싶은
당신은 바람개비.

어리석은 미라

족보 책갈피처럼
접혀진 시간 속에
잠든 일기장.

　1968년4월30일쌀704라면220반찬215점심440건빵53단팥죽
70연탄160전기세145옷신발양말500등록금670앨범대금350사
진대금120이발30목욕50교통비120전화5우표2장14영화용문의
결투55금강공원213기타523합계4657

비가 오는 날
비에 젖어 살아나고
바닷가 파도소리에
지난 세월 쉬 열어주는
어리석은 미라.

생각의 형틀

천호대교를 건너는데 다리 난간에 서있는 가로등 위에 감시카메라처럼 물새가 앉아 흐르는 강물을 본다. 또 다른 새처럼 감시카메라가 고개 숙인 채 흐르는 속도를 노린다. 너는 알고 나는 모르는 세월만 흐른다.

라디오에서 스와니 강이 흘러나온다. 어릴 적 음악책에 이 세상 정처 없는 나그네의 길이라고 실려 있었다. 꿈이 피어나는 유년부터 인생은 나그네임을 왜 노래했을까. 그런 이유로 나는 지금 나그네 길에 서 있다.

밤늦은 시간 텔레비전에서 감기에 관한 생로병사 프로를 보다가 잠이 들려는데 우연히 목감기가 찾아 왔다. 인연은 우연에서 오는가. 형틀 속으로 내가 들어간다.

새들은 난다
–아이티 지진 참사를 위로함

하늘 멀리
새로운 세상이 있음을 알아
새들은 난다.

높은 곳에는
사람이 없어
처음부터
가지끝에 둥지를 틀고
비바람이 지나고 난 뒤에도
노래를 불렀다.

새들은 무덤이 없어
죽지 않는다.
오늘도 어제처럼
또
새들은 난다.

돌아앉으면

폭이 넓은 유리창 밖으로
서울의 몸통이 가득 차올라
마음도 쉽게 빌딩 끝으로 뛰어다닌다.

사생활까지 들고 나온 사람들
건물 속으로 숨어들어
저토록 도시는 높고

잘난 목소리들
넥타이를 빠져나와
거닐던 보도블럭
거리 미화원이 쓸고 있다.

빨간 신호등에서
잠시 멈칫거린
잡을 수 없는 나이
가속도에 실려 몸살을 앓는 시간

창문 닫고
돌아앉으면

호롱불 홀로 지키던
빈 도화지에
하얗게 쌓이던 어둠

지우고
또,
지우던 사람
거기 서 있다.

독백

세월의 무릎에 머무르던
작은 소망은
걸을 때마다
높이를 키우며
현실의 어깨에 매달려
흐려진 초점을 닦는다.

고독하다는 것은
언제라도 무엇이 되어
다시 태어날 씨앗이라고
시간을 접으며

그대, 말없이
바람처럼 달려 사라지지 말고
장승처럼 서 있게.
나이테 속을 달려도
또 나이테 생기질 않나.

보이는 것들은
보이지 않는 것들의 무덤이지.
변하지 않는 것들은

시간 밖에서 경매당하며
금빛탑을 쌓고 있질 않나.

출발선에서
그냥 서 있게.
그것이 잘하는 짓이야.
다 풀린 태엽일랑 다시는 감지 말게.

거미

알 수 없는 마음의 색깔이
밑 터진 독처럼
꽁무니에서 흘러나온다.

살아온 변명을
모눈종이에 그리듯이
잘도 엮어 놓고

바람도
현을 울리지 못한다.

과녁의 중심에
검은 콩 하나 숨겨놓고
길은 사통팔달

세상은
죽은 듯이 편안하다.

움

가늘게 이어간 끝자락
어미의 젖꼭지 같은
눈망울 하나 걸려 있다.

장갑낀 추위를
바람이 걷어 나가면
눈 비비고
세상 빼끗 쳐다 본다.

잘린 밑둥
나이테 끝에서
연초록 손가락 하나
족보 지킨다.

바람이 부는 날이면

눈 뜨면 허무의 무게
별똥별처럼 쏟아져 내리는 현기증
되돌려져 원점이라 해도
잊혀진 허상의 숲 헤매는
꿈속이고 싶다

종소리 작아지듯
사라지는 망각의 끝을 돌아서
바람이 또다시 불어와 흔들린다 해도
끝없이 떠도는
구름이고 싶다

-〈바람이 부는 날이면〉 중에서

창가에 서서

벽에 못을 박고
겉옷을 걸면
영혼은 빠져나와 창가에 선다.

흐린 거울 너머
아버지 흰머리가 닮은
또 한 사람 아버지
돌아갈 빈자리를 더듬거린다.

밤은 흐르는데
누가 잠들었다고 하나
지친 형광등
겉옷 뒤쪽 그림자를 지키는 밤.

못에 박힌 벽
홀로
십자가가 되고 싶다.

거울은 알거야

닫힌 창 열고
눈길 이어가는 길을 트면
허물어져 내리던 절벽끝에
시간의 혼돈이 뒤따라선다.

선연(善緣)으로 솟아오르는 불길은
한 뼘 꿈으로 사라지고
무영(無影)의 좌표에
걸어둔 말 한마디
언어로 태어나지도 못한 채

시간에 묶여
닦을수록 빛나는 거울이 되어
영원하리라.

숨이 멎도록
변할 수 없는 청춘의 한 꿈이여!
이제라도 더디 갈 길을 찾아
거꾸로 시간을 본다.

잊혀진 좌표

이정표 돌고 있는 로터리
차라리 바람이 길을 잃어라.

박제(剝製)가 될 때까지
살고 싶은
흑백사진
갈증에 메말라 숨이 멎는다.

나머지도 없는
원본
단절의 마디

가끔씩
만지는 매듭

돌고 돌아도
언제나 빈자리.

걸어서 하늘까지

은빛 장막으로
눈 내리는 날
마음은 벌써 창 밖에 선다.

가려진 기억 너머
표백된 전설의 깃발은
저토록 백색의 혼불로 살아나
시간의 무게를 태우고 있다.

지나가버린 것 모두
백지로 남은 세상
그림자 둘둘 말아서
등짐으로 지고
걸어서 하늘까지 가야 되리라.

겨울 날
천지가 하얀 동색
눈꽃 피는 날에
걸어서
걸어서.

바람이 부는 날이면

바람이 부는 날이면
어디론가 가고 싶다.

눈 뜨면 허무의 무게
별똥별처럼 쏟아져 내리는 현기증
되돌려져 원점이라 해도
잊혀진 허상의 숲 헤매는
꿈속이고 싶다.

종소리 작아지듯
사라지는 망각의 끝을 돌아서
바람이 또다시 불어와
흔들린다 해도
끝없이 떠도는
구름이고 싶다.

인연의 끈을 풀고
방황의 미로
영원히 찾을 수 없는
출구라 해도
길 없이도

길 가는
새가 되고 싶다.

떨어지는 이름표

바람이 흔드는 겨울가지
허공에 뿌리로 내리고
물구나무선 겨울

벽을 허문 바람의 이야기
옥탑방 비닐창문에 붙어 나불거린다.

좁은 도시의 땅 모서리
노숙의 자리 반 평
지하철역 구석진 곳은 바람 없는 평화

포장마차에서
이름 석 자로 술을 마신 사내는
빈 지갑을 바람으로 채우고
막차 떠난 정류소에 서 있다.

지구의 씨줄날줄 균형 잃은 틈새로
이름표가 추락한다
또 추락한다.

저만치 발가벗은 나뭇가지의 떨고 있는 손짓들.

희미한 허상

한 때 푸르렀던 잎새
저무는 가을햇살에 몸살 앓으며
얼룩진 눈빛
가슴 속에 들어와
불씨 하나 키우고

스미는 바람
잠자는 고독에
날개를 단다.

가슴벽에 옹이진 약속
마른 잎새는
거미줄에 매달려
혼을 말리고

뒤돌아보면
석양에 타는
희미한 허상 하나.

억새는 눕지 않는다

너의 손짓은
이별의 미소를 머금고
바람으로 떠나갈 체온을 헤아리며
그날의 손길
바람처럼 사라진 임에게
하얀 가슴 전할 숙제를 챙긴다.

군중 속에서도 외로워
푸르게 흔들리던 한 때
바람은 친구로 다가와
만져주고
속삭여주었지.

시간은 벽시계에 갇혀
마른 숨소리

산언덕 지키는 자리
보이는 길은
마디마디 끊어져
바람만 외돌아간다.

겨울바람이 몰아쳐
마른 핏줄을 꺾을 때까지도
너는
말없이
서 있어야 하리라.

문풍지

창 밖에 창
어둠에 갇혀
길 헤매는 바람

눈도 오지 않는데
어디서 여인의 옷 벗는 소리
들리는가,
떨고.

밤하늘 끝
은하수 흐르는 오작교
찾아갈 길
잊어서인가,
울고.

바람의 씨앗

방향 잃고 서 있는
팔랑개비는
바람이고 싶은 것이지.

돌다가 지친
영혼을 털어내고
바람의 씨앗을 품고 있다.

마음대로 떠나가
오지 않는 임, 그리움
터널 끝은 보이지 않고

물 마른 물레방아처럼
그대
서 있나요.

그곳을 아십니까

기찻길 끝이 닿아 있고
또 한 쪽으론
밤물결 귓가에 애달파
갈매기 귀향을 서두르는 곳
그곳을 아십니까.

첫눈이 첫사랑처럼 어설프게 내리다
사라지고
철썩대는 파도소리
이별의 소야곡되어 창가를 맴돌던 곳
그곳을 아십니까.

어린 꿈 좌판에서 노숙하며
보수동 헌책방 골목
종이 냄새 쓸어 담던 곳
그곳을 아십니까.

울고 싶은 가슴
대신 울어 주던 뱃고동소리
지금도 들려오는 곳
그곳을 아십니까.

회전목마

옛날 유원지 회전목마는
기둥에 묶여
오랜 날들 원심 뿌리로 돌았다.
어지럼증이 익숙해진
어느 날
벌판으로 달려가고 싶었지
사람의 울타리
보이지 않는 곳으로.

시간을 말린 세월.

목이 굳은 목마는
먼 쪽을 볼 수가 없어
돌아도 원점
오늘을 돈다.

희미한 그림자

이별은 거리의 뿌리로 뻗어
멀어진 생각
그 끝을 지우고
창밖에 비 오는 날엔
그리움 절로 열린다,

밤 한 가운데 서서
어둠으로 막아선 단절을 만날 때도
절로.

주소를 모두 삼키고
우체통이 사라진 후
우리 꿈 속에서 마주친다 해도

그리움 모두
빗물에 지워지고
어둠에 묻혔다 하자.

아름다운 것은
모두가 남아
바람으로 속삭이는 낙엽 곁에서

기다리며,

또
기다리며.

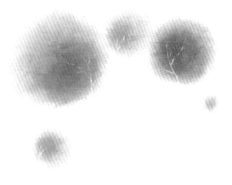

물 흐르는 소리

고무신 신고
즐겁던 어린 시절
학교 뒷마을을 지나쳐온 도랑에
밤새 비가 내리면
마른 가슴 바닥
숨 끊긴 자리에
물길 다시 생겨 흘렀다.

풀잎 흔드는 소리
물방울 길 헤매는 소리
작은 폭포 노래소리

물 흐르는 소리
나를 불러서 좋았다.

수수깡 물레방아
작은 폭포에 두면
나뭇잎 한, 둘에도
물길이 막혀
버티는 엄살
우리 손잡던 동행길.

잠이 덜 깬 아침
일자산 오르는 길가에
작은 물길 하나 생겨나
고향으로 흐른다.

지금은
고무신도
수수깡도 없는데
물 흐르는 소리
가슴 속 넘쳐 흐른다.

청계팔경

청계광장에 들어서서
빛과
물의
포옹을 본다.
묵은 회색을 걷어내고
하늘 향해
너의 가슴 몽땅 열었구나.
내리 쏟는 폭포로
잠에서 깨어난 신덕왕후
광통교 다리 위에서
비단옷 춤을 추고
정조반차도 맞으려
두지를 빠져나온 사도세자
청계물에 몸을 씻는다.
물은 흐르고
흐르는 것
세월의 함성이 되어
패션광장에 문명의 탑을 쌓고
욕심의 어깨 짐
빨래터에 내려놓고
새 삶을 씻어 건진다.

이제
새로운 꿈
소망의 벽에 매달려
지나가는 손길과
눈인사가 바쁘고
지나가버린 것은
존재만으로도 역사가 되는 법
새 옷 입혀주지 마세요
교각 세 개 서 있다.
숨 쉬는 생명
영원히
버들습지에서 살아가리라
아, 청계천
다시 연 눈빛으로 미래를 본다.

지렁이는 몸으로 말한다

　산비탈 흙길 꼭대기 문패도 담장도 없는 판잣집 문턱 아래가 고향이다. 겨울새벽이 십구공탄 화기를 삼켜, 등이 시릴 때 달빛보다 더 아프게 비추던 가로등이 엄마의 얼굴인 줄 알았다. 비가 내린 뒷날 과일 파는 행상 아저씨를 따라 나섰다가 종이봉투에서 검은 제복에 쫓기는 시위 군중을 보았다. 가슴에 걸친 구호띠를 풀고 들어가 마른 벽을 만진다.

　기름칠 잘 된 회전문, 돌고 도는 쓰레기 곁에서 물을 달라고 말하기 싫다. 형틀 없는 나신의 유희를 누구 보는가. 온 몸으로 비틀대다가 도시의 길 위에 눕는다. 태양볕 아래서 염습은 뜨겁다.

　공사판에서 아무렇게나 묶였다 잘려나간 비계목 결박 철사처럼 죽었다. 그는.

　이제 밟는 쪽이 아플 차례다.

청개구리 단상

세월은 흘러도
역사는 돌아
십 년을 채워서야 변하는 강산

엿장수 마음대로
품바춤에 취한
청와성(靑蛙聲)
모래알처럼 씹힌다, 아직도

편 가르는 말
남 탓하는 법

청개구리 고막
사오정 말씹는 소리.

촛불잔치

마음은 등불을 키우며
눈으로 통하는 길을 만들어
부끄러워할 때 얼굴 붉히고
슬플 때 눈물을 흘리다가
정의의 씨앗이 됩니다.

마이크를 잡고 외치는 언어는
양지의 회전문을 돌고 돌면서
칼날이 되고
썩지 않는 폐기물이 되고
전신마비로 쓰러진 가슴
핵폭탄이 됩니다.

탐욕의 궁전에 황금쌀을 쌓아
한강물이 마를 때까지
살기 위한 고리를 엮어
흙으로 돌아가지 못할 핏줄들은
촛불잔치를 벌입니다.

역사는 가면을 쓴 적 있었나요…….

저울에게

많고 적음 시샘할 줄 모르고
주는 대로 가슴 깊이 안고서
화살 끝에 안고 출렁이다가
비워 주면 넓은 가슴으로
허공의 무게를 단다.

모두 줄듯이 맡겨진 것
잠시면 사라지는 허무를 안고
내 마음 네게 주면
무슨 답을 하려나.

이념 통일론을 달고, 386 무게를 달고, 신이 내린 직장
월급봉투를 달고, 없어진 호적등본을 달고, 소갈머리
없는 나를 달고, 인터넷에 들어가 댓글을 달고 ……

하늘 향해 한 점 부끄럼 없음은
너뿐인데
영점의 화살 하나
누굴 향해 당기는가.

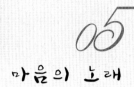

05

마음의 노래

마음은
백치 지우개 하나 가지고
돌아온 세월을 닦습니다

첫 사랑이 남겨 놓은
은하수 길 편지를
밤마다 지우면서
처음부터 잊었다고
빗장을 겁니다

-〈마음의 노래 · 5〉 중에서

노고단에 올라

푸른 혼 가득 품고
남쪽 하늘 우뚝 솟은 산
지리산에 오르는 길
여기저기 문을 열어
찾아주는 누구라도
반겨 품에 안는다.

깊은 숲 속 지나칠 때
좌편에서 우편에서
깃발 색깔에 목숨 바쳐
붉게 피 흐르던 피아골
주야로 주인 바뀌던
짧은 세상도 살아보았지.

계곡 굽이굽이 박힌 상처
반백년 세월로 잊어
맨살만 남은 바윗돌
목 흠뻑 축여주려
계절을 돌고 돌아
물 잘도 흐른다.

노고단에 올라서니
숨찬 가슴 절로 열려
야-호 옛 임 찾으니
열린 대문 한 걸음에
이웃 소식 첩첩으로 메고
메아리가 먼저 온다.

햇빛든 남쪽 보니
눈 가는 곳엔 길 보이는데
구름에 덮인 북쪽
감춘 속내 알 길이 없어
바람아 구름아
네가 대신 가느냐.

장터마다 만세소리
다시 찾은 우리 강산
남북으로 백두대간
동해에 해 뜨는데
허리는 묶인 채로
반쪽 숨을 쉬는 구나.

등짐 놓고 정상에서
겉옷 훌훌 벗으니
화개마을 녹차바람
가슴을 파고들어
한 세월 묵은 생각
모두 날려 보낸다.

비 내리는 임진강

두지나루에 묶인 몸
자유의 깃발 올리고
임진강을 나선다.

구름만이 넘나들고
저어새 절뚝이던 땅
태고 향하여 가는 디엠제트
숨어산 세월이 반백 년을 넘었네.

육십만 년 지켜온
붉은 수직절벽
가슴 한(恨)을 품어
지금도 핏빛.

굳은살 뱃머리 앞을 헤쳐
한강을 만나고
마포나루를 만나고
파도에 몸 맡기며
물결 따라
세월 따라
황포 돛을 휘날리던

민족이여!
역사여!

전쟁으로 잘린 허리
124군 부대 걸어서 침투하던 곳
고랑포구 여울목은
다시 닻 올린 황포돛대
길을 막는다.

되돌아오는 길
총알처럼 쏟아붓는
소나기 빗물이여
눈물이여

고요히 흐르는 강물
온몸으로 춤추며
몸살을 한다.

분단의 멍에 이고
승화한 영혼 위해
잠자는 수면 위에 쏟아지는 입맞춤
폭발하는 춤이여

생명의 노래여

다시 깨어나는 눈빛을 본다
전신으로 유희하는 미소를 본다.

그대는

그대는

산이다
산을 보듬는 숲이다
숲을 취하게 하는 바람이다

영원히
살아 숨쉬는
꿈꾸는 향기다

그대는

목련꽃

창가에 내리는 비
수은주를 적시면
겨울가지의 부스럼
새 살 채우고

가슴 안쪽
겹으로 접어 쌓인
그리운 갈증
주름 접힌 나이테를 튀어 나온다.

잠자는 영혼
신의 벽을 넘어서
밤사이
카메라 플래시처럼 터진 순수.

봄 길목 여는
하얀 등불
새벽을 깨운다.

장미꽃

겹겹이 쌓인 비밀의 방에
홍조의 가슴을 묻고
머리 빗어 넘긴 얼굴 속에
얇은 입술 가득 채운 푸쉬케[9].

부유한 햇살에
체온 비비며
감긴 듯 뜬 눈으로 부르는 노래를 타고
불타오르는 빨간 향기는

모닥불 꺼진 길손 가슴에
허풍선(虛風扇)으로 들어와
젊은 날 한 때를
풀무질한다.

아! 불타는 정거장
갈 곳 없는 나그네
거기 머물러
장미꽃, 장밋빛으로
태워지고 싶어라.

---

9) 그리스로마 신화에 나오는 에로
스신과 결혼한 아름다운 여인.

진달래꽃

사랑 위해 피는 꽃
진달래꽃

약산을 온몸으로 감싸 안고
연분홍 미소로 손짓하는
몸부림

김소월 임 가시는 길
뿌려 놓을 때
사뿐히 먼저 밟고 간 흔적에
죽어서도 눈물이 흐르겠지요.

진달래꽃
꺾인 자리
이별만 남아
사랑은 처음부터 핏빛인 것을.

나팔꽃

어둠을 머금고
밤새 움켜진 가슴
홀로서기 외로워
등 기대며 감아 오른 포옹
숨이 가쁘구나.

열리는 빛따라 가슴을 열어
새벽이 비둘기처럼 내려앉을 때
하늘빛 옮겨 담아
청 자줏빛으로 피는구나.

꽃잎에 묻어 앓는 기다림
햇빛 가득 담은 수줍음
나팔되어 외치며, 안으며
고개 숙인 잎겨드랑이 틈에서
적 자줏빛 얼굴로 웃는구나.

동숙의 벽
담장 벼랑에 수직으로 누워
해는 중천인데
이별의 눈물

속으로 감추려고
벌써 마음의 문을 닫는구나.

담쟁이

봄볕이 찾아온 날
굳은 마디
빗장을 풀고
절벽의 나락
칼날처럼 눈 시려
순수의 기지개 끝으로
펼친 푸른 화폭

청춘의 깃발도
한 때.

바람 부는 어느 날
이별의 멍에가
등줄기를 쓸어내려
벌거벗은 무게로
매달린 마른 줄기

어머니 마지막 핏줄처럼
늙는다.

마음의 노래·1

마음은
무게가 없어

방랑 길 꿈 속까지 가져가
날개 없는 여행
시공을 넘어 헤맬 때
생각의 추(錘)
종방울되어
잊혀진 세월을 깨운다.

마음은
얼굴이 없어

살아온 흔적
천만 배 깊은 물속
비밀의 성벽에 걸어 놓고
마음에 드는 얼굴
자신 스스로 만들라 한다.

마음의 노래·2

마음은
창고가 있어

지나가버린 것 보물로 쌓아 놓고
그리움 길 헤맬 때
정거장에 의자되어
가끔씩 쉬어가라 하네.

마음은
옹달샘이 있어

눈동자로 통하는 길 만들어 놓고
기쁠 때
슬플 때
눈물 퍼 올리며
마주선 당신이 답 찾으라 하네.

마음의 노래·3

마음은
색깔을 좋아해서

연초록 풀잎 마중길을 나서
병아리색 노란 개나리꽃 울타리를 지나고
분홍 코스모스 긴 목 흔드는 길을 돌아서
오색 편지지 나부끼는 단풍 계곡도 지나고
백설이 휘날리는 산 고개까지
변하며 살아온 세월

그림처럼 아름다워
내일을 또 기다린다.

마음은
소리를 좋아해서

새벽 실려 오는 종소리
창문 두드리는 빗소리
깃발 나부끼는 바람소리
미소 부서지는 파도소리
항구의 밤 이별을 싣고 떠나는 뱃고동소리

평행선에 실려 멀어져가는 기적소리

사라져서 아름다운 너를 잡으려
꿈속을 헤맨다.

마음의 노래·4

마음은
노출을 싫어하는 성

사랑이 미움되어
열병 앓은 흔적
홀로 지키며
푸른 하늘로 솟아오르다 사라진
청춘의 꿈
지금도 날개 펴고 휘날리는 곳.

마음은
틀을 싫어하는 그릇

사랑도 마음대로
희망도 마음대로
행복도 마음대로
부자도 마음대로

담는 사람 마음대로 담아 쓰는 곳.

마음의 노래 · 5

마음은
미로 찾기 입구에서
곧잘 멈칫거립니다.

첫 단추를 잘못 끼웠나
아래를 보며
이정표 없는 갈림길을
셀 수 없도록 지나쳐 오며
술래잡기를 합니다.

마음은
백치 지우개 하나 가지고
돌아온 세월을 닦습니다.

첫사랑이 남겨 놓은
은하수 길 편지를
밤마다 지우면서
처음부터 잊었다고
빗장을 겁니다.

마음의 노래·6

마음은
변하지 말자는 약속
거북이 등처럼 굳은 편지지에 박혀
천년을 기다리려 하지만

사라진 전찻길처럼
잊어버린 채
포장된 도시의 길 위에서
자유의 핸들을 붙잡고 있나요.

마음은
귀환본능에 기댄 이별의 좌표
밤하늘 별 눈되어 깜박이며
영원토록 기억하려 하지만

거울은 다가설수록
근시의 자화상 흐려놓고
그림자도 만져지지 않는
벽 너머에
이방의 동굴을 만들고 있나요.

마음의 노래·7

마음은
바람의 길을 가려 합니다.

길 몰라도
주소 없어도
찾아가 머무르듯
보고픔
바람에 실어.

마음은
바람의 혼이 되려 합니다.

잡혀지지 않아도
보여주지 않아도
꽃향기 실어 나르듯
그리움
바람에 실어.

마음은
바람의 삶을 살려 합니다.

수평선 너머라 하여도
하늘 끝이라 하여도
방랑의 자유 누리듯
헤매는 꿈
바람에 실어.

마음의 노래·8

마음은
홀로 십자가입니다.

살아낸 흔적
못박힌 자리
세월로 이겨내지만

비가 내려도
바람만 불어도
소리없이 조여오는 신경통을 앓습니다.

마음은
홀씨입니다.

보고 싶은 사람
그리운 그곳

생각만으로도
추억만으로도
먼저 가서 씨앗 트는 짝사랑을 앓습니다.

끝은 또 다른 시작이 되어

　끝은 또 다른 시작이 되어 괴로운 즐거움을 줄 것으로 믿는다. 습작으로 시를 쓰던 때에 시집을 내면 '회전하는 고독'이라고 할 것을 작정하였었는데 정작 첫 시집의 제목은 『그리움 파도에 적시고』로 출간되었다. 두 번째 시집은 '날개 편지'로 제목을 정한 후에 글을 쓰면서 시 한 편이 완성될 때마다 제목을 바꿀 결심을 다지곤 하였다. 신문 뉴스기사가 독자들의 관심을 끌기 위해서 호기심을 자극하는 표제어로 선정되는 것처럼. 어느 문인의 말처럼 스스로 대표작이라고 할 수 있는 시를 시집제목으로 하는 경우가 많아, 제목이 들어 있는 시를 찾아 한 번 읽어보고 그냥 덮어버리는 책이 많다는 이야기에 수긍이 가듯이.

　하지만 복잡한 생각을 버리고 두 번째 시집 제목을 『날개 편지』로 정하였다. 이 시집 속에 '날개'라는 단어가 열다섯 번이나 사용되었음에 위로를 받으면서. 끝까지 읽어준 독자께 감사드린다.

　이제 고독의 허물을 벗어야지……．

　　　　　　　　　　　　　　　　늦은 밤에 저자 씀.

날개 편지

2010년 4월 25일 초판인쇄
2010년 4월 30일 초판발행

지은이 : 최 인 찬
펴낸이 : 이 혜 숙
펴낸곳 : 도서출판 신세림
　　　　　100-015 서울특별시 중구 충무로5가 19-9 부성B/D 702호
등록일 : 1991. 12. 24
등록번호 : 제2-1298호
전화 : 02-2264-1972
팩스 : 02-2264-1973
E-mail : shinselim72@hanmail.net

정가 8,000원

ISBN 89-5800-096-1, 03810